Perrazo y Perrito

van a pasear

Big Dog and Little Dog

Going for a Walk

Dav Pilkey

Traducido por Carlos E. Calvo

Houghton Mifflin Harcourt

Boston   New York

Green Light Readers® and its logos are trademarks of HMH Publishers LLC,

registered in the United States and other countries.

www.hmhco.com

Library of Congress Cataloging-in-Publication Data is on file.

ISBN 978-0-544-93719-2 paper over board

ISBN 978-0-544-93543-3 paperback

Manufactured in China

SCP 10 9 8 7 6

4500762027

Ages	Grades	Guided Reading Level	Reading Recovery Level	Lexile® Level	Spanish Lexile®
4–6	K	D	5–6	350L	400L

To Nathan Douglas Libertowski

A Nathan Douglas Libertowski

Big Dog is going for a walk.

Perrazo va a pasear.

Little Dog is going, too.

Perrito también va a pasear.

Little Dog likes to play in the mud.

A Perrito le gusta jugar en el lodo.

Big Dog likes to eat the mud.

A Perrazo le gusta comer el lodo.

Little Dog likes to splash in the puddles.

A Perrito le gusta chapotear en los charcos.

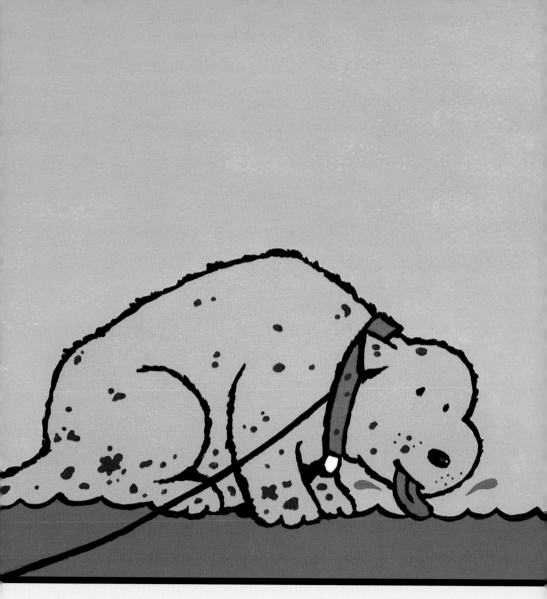

Big Dog likes to drink the puddles.

A Perrazo le gusta beber el agua de
los charcos.

Big Dog and Little Dog

had a fun walk.

Perrazo y Perrito se divirtieron

mucho de paseo.

They are very dirty.

Los dos están muy sucios.

It is time to take a bath.

Es hora de darse un baño.

Big Dog and Little Dog

are in the tub.

Perrazo y Perrito están en la

tina de baño.

Now it is time to dry off.

Ya es hora de secarse.

Big Dog and Little Dog

shake and shake.

Perrazo y Perrito se sacuden

sin parar.

**Big Dog and Little Dog
are clean and dry.**

Perrazo y Perrito ya están
limpios y secos.

Now they want to go for *another* walk.

Ahora quieren salir a pasear *otra vez.*

🐾 Cause and Effect Causa y efecto 🐾

What goes up must come down—every cause has an effect! Here is one from the story:

Todo lo que sube tiene que bajar, ¡es decir que cada causa tiene un efecto! Y así ocurre en este cuento:

Cause: Big Dog and Little Dog play in mud.

Causa: Perrazo y Perrito juegan en el lodo.

Effect: Big Dog and Little Dog get dirty.

Efecto: Perrazo y Perrito se ensucian.

Can you think of any other causes and effects from the story?

¿Puedes pensar en otras causas y efectos que ocurren en el cuento?

🐾 Picture It   Adivina 🐾

Read the sentences below. Can you match them with the correct image?

Lee las siguientes oraciones. ¿Qué ilustración corresponde a cada oración?

Big Dog and Little Dog are in the tub.

Perrazo y Perrito están en la tina de baño.

Little Dog likes to play in the mud.

A Perrito le gusta jugar en el lodo.

Big Dog likes to drink the puddles.

A Perrazo le gusta beber el agua de los charcos.

Big Dog and Little Dog are going for a walk.

Perrazo y Perrito van a pasear.

Story Sequencing
La secuencia del cuento

The story of Big Dog and Little Dog going for a walk got scrambled! Can you put the scenes in the right order?

¡El cuento Perrazo y Perrito van a pasear está desordenado! ¿Puedes ordenar las escenas?

A

B

C

D

E

🐾 Doggone amazing! 🐾
Datos increíbles sobre perros

🐾 A greyhound can run as fast as forty-five miles an hour.

🐾 Un galgo puede correr a cuarenta y cinco millas por hora.

🐾 The beagle and collie are the noisiest dogs. The akbash dog and the basenji are the quietest.

🐾 El *beagle* y el *collie* son los perros más ruidosos. El *akbash* y el *basenji* son los más tranquilos.

🐾 President Lyndon Johnson had two beagles named Him and Her.

🐾 El presidente Lyndon Johnson tuvo dos *beagles* llamados "Él" y "Ella".

Can you believe these dog facts?
¿Quieres leer unos datos sorprendentes?

🐾 The United States has more dogs than any other country in the world.

🐾 En los Estados Unidos hay más perros que en cualquier otro país del mundo.

🐾 The expression "the dog days of summer" goes back to ancient Roman times, when people thought Sirius, the dog star, created heat on Earth.

🐾 La expresión "hace un calor de perros" tiene origen en la época de los antiguos romanos, cuando se creía que Sirio, la estrella perro, calentaba la Tierra.

🐾 Dog nose prints are as unique as human fingerprints—no two dog noses are alike.

🐾 Las huellas del hocico de los perros son únicas, como las huellas dactilares de los humanos. No existen dos perros que tengan el mismo hocico.

🐾 Drawing Dogs   ¡A dibujar perritos! 🐾

**Big Dog and Little Dog love to go for walks.
What other adventures do you think they go on?**

*A Perrazo y a Perrito les encanta ir a pasear.
¿Qué otras aventuras crees que pueden vivir ?*

On a separate sheet of paper, draw your own pictures of
Big Dog and Little Dog doing things and going places!
Here are some ideas to get you started:

En una hoja de papel, dibuja a Perrazo y Perrito en
distintos lugares y haciendo distintas actividades.
Aquí hay algunas ideas para ayudarte a empezar:

Big Dog and Little Dog learn a new trick.
Perrazo y Perrito aprenden un truco.

Big Dog and Little Dog play fetch.
Perrazo y Perrito juegan a lanzar la pelota.

Big Dog and Little Dog ride in a car.
Perrazo y Perrito pasean en auto.

Big Dog and Little Dog howl at the moon.
Perrazo y Perrito aúllan a la luz de la luna.